Para mi padre,
y para Sue y Beccy

Puedes consultar nuestro catálogo en www.picarona.net

FELICIDAD: MANUAL DE USUARIO
Texto: *Eva Eland*
Ilustraciones: *Eva Eland*

1.ª edición: febrero de 2020

Título original: *Where Happiness Begins*

Traducción: *David Aliaga*
Maquetación: *Montse Martín*
Corrección: *Sara Moreno*

Edita: Picarona, sello infantil de Ediciones Obelisco, S. L.
Collita, 23-25. Pol. Ind. Molí de la Bastida
08191 Rubí - Barcelona
Tel. 93 309 85 25 - Fax 93 309 85 23
E-mail: picarona@picarona.net

ISBN: 978-84-9145-328-4
Depósito Legal: B-22.879-2019

Printed in China

# Eva Eland

# FELICIDAD
## MANUAL DE USUARIO

 Picarona

¿Estás buscando la Felicidad?

A menudo, suele disfrazarse
y presentarse con distintos nombres.

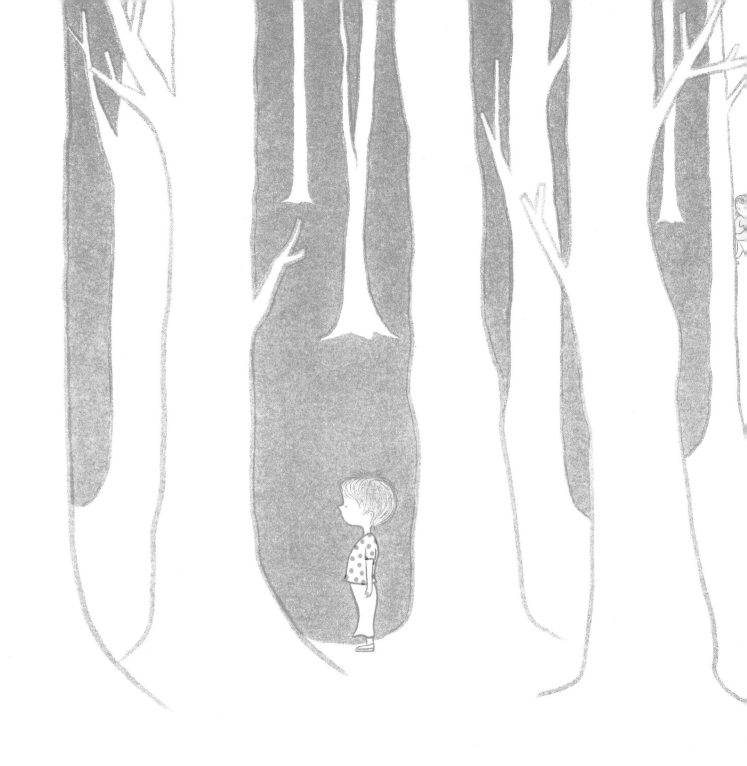

Algunos días, parece que se esconda.

En cambio, otros,
te sigue allí
donde vayas.

Puedes intentar entenderla,

coleccionarla,

o protegerla.

Puedes intentar atraparla...

Pero
normalmente
la Felicidad
parece tener
voluntad
propia.

En ocasiones,
es como si se
interpusiesen
demasiadas cosas
entre tú y la Felicidad.

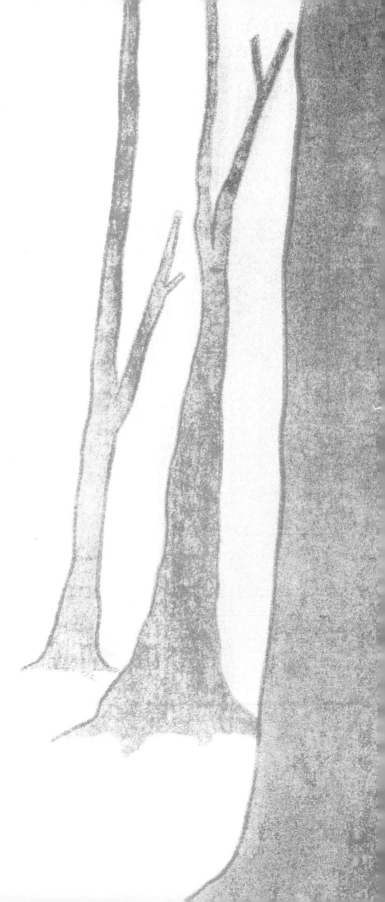

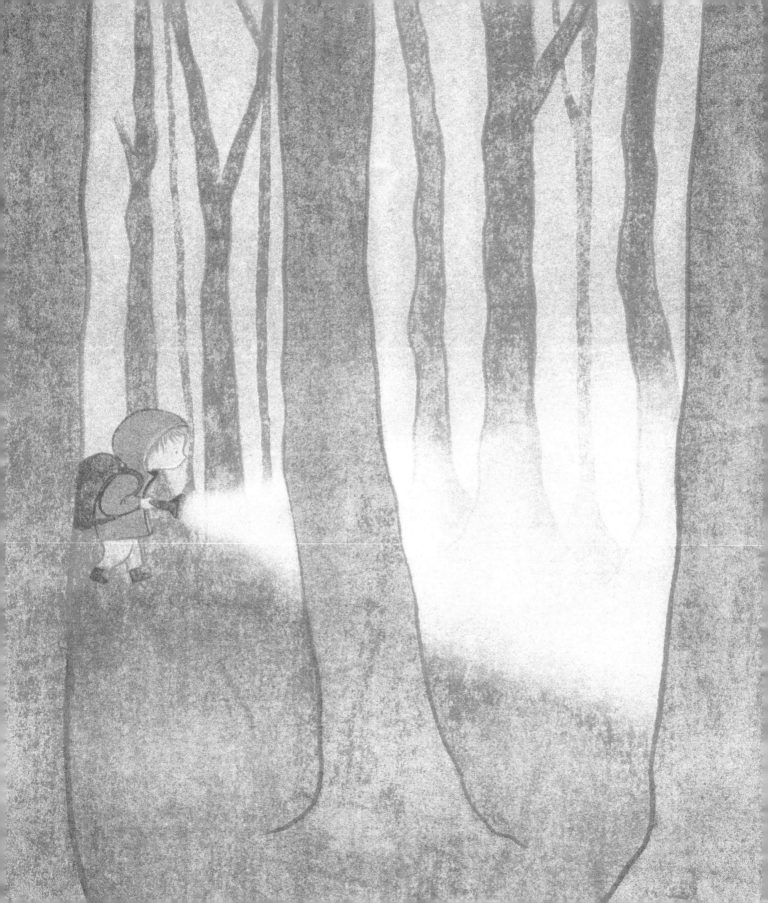

No siempre es fácil,
pero puedes encontrar tu propio camino

hasta la
Felicidad,
que estará allí,
esperándote.

Cuando la encuentres,
síguela. A ver dónde
te lleva.

La Felicidad puede ser
distinta a lo que esperabas
o incluso asustar un poco al principio.

Pero te permitirá
descubrir nuevos
caminos, disfrutar
del tiempo con tu
familia y tus amigos
y hacer cosas
que te encantan.

No puedes estar feliz todo el tiempo.
Puedes sentirte abrumado por tus sentimientos
y notar que no siempre puedes controlarlos,
pero siempre podrás encontrar el camino
de regreso a casa.

Sólo respira...

En ese momento
de tranquilidad, te darás
cuenta de que no necesitas
buscar la Felicidad...

Siempre ha estado ahí.
Aprende a reconocerla y cuídala.
Después de todo, la Felicidad
empieza en ti mismo.